我 2. 歲 了

與圓仔一起度過的每一天

好讀出版編輯部　編著

目錄

圓仔小檔案

第一隻在臺灣出生的大貓熊「圓仔」，
是大家心中永遠的掌上明珠，不管之後圓仔有多少弟弟妹妹，
她永遠是最初、最萌、最得人疼的千金小公主。

About 大貓熊圓仔

媽媽

爸爸

生日：**2013年7月6日**

性別：女生

出生身長體重：**15.5公分（體長），183.4公克**

媽媽：圓圓

爸爸：團團

暱稱：仔仔、咿啊（臺語）

- 食物：媽媽的愛心奶（斷奶前）；竹葉、竹筍、竹桿；窩窩頭、高纖餅乾；蘋果、紅蘿蔔。

- 特徵：黑眼圈呈八字型，尾端上翹；耳朵為鏟子狀，像爸爸；大鼻子也越來越像爸爸；黑背心為挖背窄款。

- 個性：爸爸的大而化之＋媽媽的聰明伶俐。

- 特殊舉動：走近展場玻璃前面對觀眾，有些粉絲開心的稱為「開獎」。

- 喜歡的玩具：木屑、精油毛巾、藍色水桶、橘色水桶、麻布抱枕，以及飲水桶、保育員的鋼杯（年幼時）。

圓仔創下的第一

- 第一隻在臺灣出生的大貓熊
- 臺北市立動物園創園百年來的第一名偶像
- 連續兩年（2013與2014）當選「Giant Panda Zoo」網站（http://www.giantpandazoo.com/panda/）票選「最有個性貓熊」第一名
- 2013年入口網站YAHOO「十大新聞人物」第二名，也是榜單上唯一的「非人類」

趣味萌寫真・愛圓仔一句話

「好想抱她XD」
「好想摸她喔！」
「仔仔，我愛你！」
圓仔每天都收到好多愛的告白，
她只好更搞笑的賣萌演出囉！

江蕙｜歌手，圓仔乾媽

哇！圓仔兩歲了！我來幫你想一下生日願望：
第一，希望你健健康康的長大。第二；希望八
仙塵爆的傷者都能早日康復，我們一起幫他們
祈禱好嗎？圓仔要乖乖喔！

世上最美味的莫過於竹子大餐。

郭俊成｜臺北市立動物園獸醫室主任

身為獸醫，希望活潑好動的你能平安成長，也要多配合學習不同的保健訓練課程，讓我們好好為你的健康把關！

張志華｜前臺北市立動物園大貓熊繁殖計畫召集人，現任六福村動物景觀部經理

圓仔，你的出生，見證了臺灣野生動物統合醫療技術的進展；圓仔，你出生後一個月終於回到媽媽身邊的艱辛歷程，展現出保母們如何努力實踐「尊重生命」這件重要且重大的事。圓仔，你的成長故事，不僅讓大家更認識大貓熊，也順利引領動物保育教育的多元推展——感謝有你的誕生。

愛笑的孩子。

我沒有很愛亂動啊！

金仕謙 | 臺北市立動物園園長

圓仔，要平安長大喔！

沒有，我發誓我沒有藏食物。

葉傑生｜「動物爸爸」、前臺北市立動物園園長

圓仔：你生下來就是頭好壯壯的天之驕女，和圓圓媽媽相認的那個鏡頭更是撼動全世界人心，希望將來能更發揮你的魅力，為動物平權努力，贏得大家的關心和尊重！

跟你說個小祕密～

陳玉燕｜臺北市立動物園大貓
熊館館長

親愛的仔仔，謝謝妳平安長大！

爬樹高手小萌熊。

陳屹彪｜臺北市立動物園大貓熊館保育員

擁有母親圓圓精靈的內在，遺傳父親團團憨厚的表情，要盡情發揮自己的特色成為世界最萌的大貓熊，圓仔。

練武奇才是也！

王進治｜前臺北市立動物園大貓熊館
保育員、大貓熊館志工

那一天，在期盼、緊張與不確定之
下，你突然來到。從那一刻起，你帶
來了許多挑戰，面對小小的粉紅肉
球，心情滿是戒慎。但隨著一天天的
成長，你給予了更多喜悅與驕傲——
親愛的、可愛的圓仔寶貝。

新訂做的黑色大氅，帥氣吧！

請你跟我這樣跳。

彭賢庚 | 臺北市立動物園大貓熊館保育員

圓仔，期待你的魅力，能喚起大家對動物保育更多的意識與實際行動。

林育欣 | 臺北市立動物園大貓熊館保育員

給充滿生命力、不斷探索新奇事物的仔仔：每天要認真吃竹葉，健健康康的長大喔，加油！！

熊貓綾綾｜圓粉

感謝仔仔的誕生，讓我不孤單，能跟許多臺灣圓粉一起喜愛大貓熊，就算再辛苦再累，只要看到妳可愛活潑的樣子就很開心。

這是什麼？可以吃嗎？

Jenny Jue｜圓粉

乖寶寶，不要再嚇團把拔了。不論你的體重有多少，都是地表最萌的小熊熊。還有，也要跟小樹、小金魚和平相處，快樂長大喔！

爺今天心情好，再來個十斤竹葉吧！

看我的水魔法！

趙蘭軒 | 臺北市立動物園大貓熊館保育員

親愛的圓仔，你的出生帶給我們許多的愛與歡樂，更讓我們看到了生命的可貴，希望你健康快樂的成長，當一隻無憂無慮的大貓熊。

袁蘋｜圓粉

親愛的仔仔，第一眼看到你就迷上你，你是開啟我進入大貓熊世界的眼睛，讓我有一探究竟的欲望，願你熊生一輩子平平安安、快快樂樂。

仰臥起坐還真難。

尤佳利｜圓粉

仔仔，你是我永遠最愛的貓熊。你出生之後就療癒我的心靈，讓我默默走出情傷，你是我的心靈靈藥。無論你長得再怎麼大我永遠愛你，讓我們這群粉絲陪伴你到老，愛你^_^

這個姿勢萌不萌？

王首基 | 圓粉

圓仔，我好想熊抱你，揉揉你的包包頭，玩玩你的手腳掌，搓搓你的
小肚肚哦⋯⋯

玉山 | 圓粉

仔仔一直是幸福的孩子，因為她的身邊有好多好棒的人。謝謝仔仔帶
給我所有美好的時光，仔仔我愛你！

頂天地之正氣！

Kate Yt｜圓粉

仔仔，希望生命能夠永遠有妳陪伴，將
來我要跟妳一起慢慢變成老太太喔！

最愛美味蔬果冰。

謝謝你們來看我。

Jack｜圓粉

就全世界看來，你只是三千分
之一，就我們看來，你是第
一，也是唯一，願你開心長
大，永遠保有純真的天性。

把筍筍啃成一朵花了。

周育如　圓粉

可愛的仔仔，只要看到你，我
的煩惱就消失了，只因為你是
我們大家心中最可愛又最美麗
又最聰明的小寶貝啊！

讓我們歡迎麻糬瑜伽大師圓仔。

Antonia Chung｜圓粉

親愛的圓仔，在紛爭擾嚷的世界裡，從
你的眼中才能感受到世上仍存有的純真
無瑕，小寶貝，要快快樂樂的長大喔，
大家愛你！！

劉孝儀｜圓粉

可愛的圓仔，除了颱風
消息外妳是我看新聞的
唯一理由，謝謝妳讓我
這麼快樂！

前方鎖定好吃目標。

竹葉床最舒服了。

糊塗攝客｜圓粉

天真的長大，健康的長大，
不染世事塵埃的長大，圓
仔，誰能比你更療癒？

Koka｜圓粉

面對真愛總是詞窮的……
仔仔我愛你～～～

週三似乎是圓仔最喜歡接近遊客的日子。

讓我為大家獻上一曲兒～～～

彭奕玫｜圓粉

親愛的仔仔寶貝：如同
鋼琴的黑鍵白鍵，可以
譜出各式各樣的樂章，
在妳那黑白的純粹之
中，亦為生活憑添了豐
富絢爛的色彩！

陳瀅珠 | 圓粉

小寶貝的誕生，讓我開始有了不一樣的生活，真心感動也感謝，一家三熊要開開心心、快快樂樂的成長哦！！！

🐼 什麼都可以咬。

呂宜瑾 | 圓粉

活潑好動的仔仔最可愛了，你的天真逗得大家樂開懷。因為你，無形中縮短了人與人之間生疏的距離，也讓大家變得更關心動物，謝謝你帶來這麼多歡笑。

🐼 喔咿喔，看我稱霸枝頭！

白文 │ 圓粉

希望圓仔健康快樂地長大，到對岸去找到自己喜歡的伴，生下可愛的小仔仔。想看你當媽媽的樣子。

身形超修長，一秒變名模。

Fay Yang｜圓粉

你是我心中最可愛的小寶貝，每次只要看到你的笑容就好療癒，看到你喜感的動作就好開心，好愛好愛你！永遠。（親100下）

我的腿哪裡短！

小雪｜圓粉

仔仔，拜託你睡覺時可以面對櫥窗，露出你可愛的睡臉嗎？因為受我影響而去看你的小朋友們，都說他們只看到了屁股，不過即使如此，小朋友們還是說你好可愛呢！

睡覺時也要放電喔！

圓仔一天天

大貓熊團團、圓圓
歷經七次人工授精，終於
在二○一三年孕育出「圓仔」小公主。
一路「長」來，在許多人照顧愛護下，
如今，活潑好動的圓仔兩歲大了，
她可是大貓熊界最有個性的女孩兒呢，
一起來回顧她成長的重要時刻吧！

DAY0~DAY28
新生日記

2013年7月6日，歷經三個多小時的陣痛，大貓熊圓圓在晚間8點5分產下第一個寶寶，體重183.4公克（僅為圓圓的千分之一），體長15.5公分，尾長5.8公分。圓圓很有母性，隨即將寶寶叼至胸前呵護。

隔天仔細查看，發現新手媽媽不慎弄傷寶寶左腳鼠蹊部皮膚，獸醫為寶寶縫三針後，為了傷口癒合及擔心感染，便暫時讓牠住進無菌保溫箱，展開為期一個多月的人工哺育。

小公主誕生

DAY0
2013.7.6

①剛出生的粉紅色大貓熊寶寶。

②寶寶身上覆著稀疏白色體毛，眼睛還未睜開。

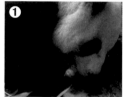

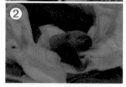

DAY1
2013.7.7

這天餵了7次奶（圓圓的乳汁），寶寶肚子餓或想便便，都會大聲叫。

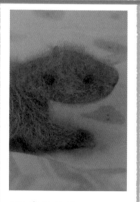

DAY7
2013.7.13

耳朵、眼圈變得更黑。肩胛皮膚開始變黑（小背心越來越明顯）。

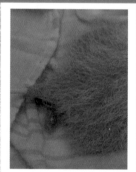

DAY8
2013.7.14

幫圓仔測心跳，方式很特別，是將監測器貼在尾巴上。

DAY9
2013.7.15

肩胛黑帶更明顯了，前肢也開始變黑。

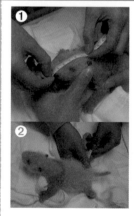

DAY10
2013.7.16

①量頭長（前肢變得更黑）。

②量後肢長（耳朵、眼圈好明顯，肩胛呈細黑帶）。

DAY3
2013.7.9

①鼻子形狀變明顯、略突出，身體皮膚微微變黑。

②上午8時，臍帶掉落。

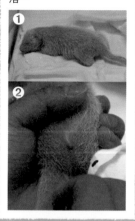

DAY4
2013.7.10

平平、安安兩隻矽膠大貓熊玩偶相伴，讓透氣薄被帶點重量，給予寶寶受到媽媽懷抱的安全感。

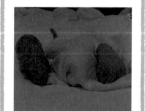

DAY5
2013.7.11

乳名「圓仔」（圓圓的幼仔）。耳朵、眼圈的皮膚微微變黑。

DAY6
2013.7.12

體重增長得很快，瞧，圓仔向大家說：「嗨！」

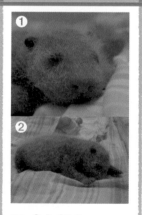

DAY11
2013.7.17

①耳朵變得更黑，而且出現被毛；眼圈的黑色面積也擴大。

②很有小小「大貓熊」模樣囉！

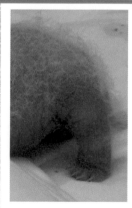

DAY13
2013.7.19

後肢皮膚也變成灰黑色。

DAY14
2013.7.20

溫濕棉球擦拭肛門，刺激排便，便便形狀已開始像一顆顆黃色的綠豆仁。另，嘴巴、前掌也開始變黑。

DAY19
2013.7.25

黑色皮膚變得更深了。

DAY20

2013.7.26

大貓熊天生會捲舌，日後攝取水分，舌頭會像吸管一樣吸水，而不是用舔的。

DAY21

2013.7.27

跟人類小嬰兒一樣，圓仔也啃起了手！

DAY22

2013.7.28

①②3週大的圓仔，身上的黑背心跟爸爸團團一樣。

③④圓仔後掌中指、無名指相連，跟媽媽圓圓一樣。

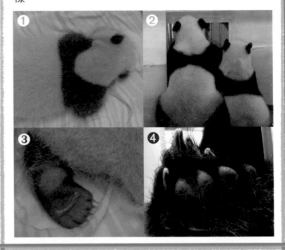

DAY22

同場加映

圓仔一雙後掌皆有抹白毛，相當對稱，儼如腳環，是她獨有特徵。

DAY27

2013.8.2

圓仔胃口很好，體重增長很快（出生1個月內，每天平均增重47克），連奶瓶都變大罐了。

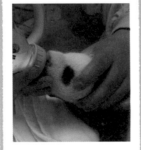

DAY28

2013.8.3

①圓仔第一次做全身超音波健康檢查，也是「體重僅1公斤的大貓熊幼仔，做超音波檢查」全球首例。

②從黑白毛色分布來看，圓仔已是迷你版大貓熊囉！

DAY29

2013.8.4

徵求好名字

這天，動物園幫圓仔辦了滿月慶生派對，命名活動也起跑囉！

請大家許我一個好名字。

Q 大貓熊是貓還是熊？

A 大貓熊屬於熊科大貓熊屬，因此牠們的習性與熊較為類似，但因攝取的食物養份較低，並不冬眠。為做區別，名之大貓熊，卻因有個「貓」字，而讓人誤會牠們屬於貓科。

不過，大貓熊倒也有類似貓的特徵，那就是──熊的瞳孔為圓形，大貓熊卻呈垂直的紡錘形狀，較似貓的眼睛。

3個多月大的圓仔。

DAY31

2013.8.6

母女相會

闊別1個月，圓仔終於和媽媽重逢。

真正的舐犢情深。

「嗨，小寶貝。」「嗨，媽媽。」

孩子，你終於回到我身邊了。

DAY34
2013.8.9

親自育幼
重回媽媽圓圓的懷抱，「圓仔回到媽媽懷抱」影片超過300萬人次觀看。

代替圓仔的「仿仔」，肚內裝生雞蛋，以測試圓圓叼幼仔的力道。

Q 有大貓熊，那有小貓熊嗎？

A 的確有小貓熊，但和大貓熊是完全不同的動物，因此絕不是大貓熊生的孩子。小貓熊分佈在中國大陸四川、雲南、緬甸、尼泊爾山區，尾巴上有許多咖啡色的環，因此有人稱之「九節狼」。大貓熊屬於熊科，小貓熊屬於小貓熊科，由於生活環境和食性類似，牠們之間是有共通點的，那就是——頭顱、牙齒、前爪都因喜食竹子之故，而進化得很接近，前爪都有特化形成的偽拇指，有助抓握竹子。

大家好，
我是小貓熊歡歡。

DAY35
2013.8.10

展現喜感
圓仔體重來到1.6公斤左右，每天吃飽睡、睡飽吃，小身體圓滾滾，超可愛。

不給你看。

睡姿好豪放。

DAY40
2013.8.15

圓圓是個好媽媽
圓仔體重突破2.1公斤（較出生增長了11.5倍），回到媽媽身邊1星期，圓圓的慈愛母性令人動容。

母女相依而眠。

乖，媽媽叼著你走。

Q 到底是大熊貓，還是大貓熊？

A 大貓熊或大熊貓指的是同一種動物，因其生理構造、行為特徵及演化證據上與熊較為接近（屬於熊科），所以臺灣一律採用大貓熊這個說法，大熊貓的說法常見於中國大陸。

DAY42
2013.8.17

睜開眼睛
大貓熊寶寶一般平均45天睜開眼睛，成長進度一向超前的小壯妞圓仔。

42天大，雙眼都睜開一半。

DAY 48

2013.8.23

正做著美夢

圓仔體重約2.3公斤，有時在睡夢中動靜若大些，守在嬰兒房門口的圓圓就會立刻過去查看，是個十分警覺、盡責的母親。

我扭我扭我扭扭扭。

媽媽鋪的
竹葉床，
真好睡。

DAY 53

2013.8.28

懶懶小壯妞

圓仔的體重已經突破3公斤了，但大貓熊是晚熟型的動物，在3個月大以前幾乎沒有行動能力，只能讓媽媽叼著走。

名副其實趴趴熊。

Q 世界上真的只有1600隻大貓熊嗎？

A 大貓熊屬於瀕臨絕種動物，「1600」是二〇〇八年間粗估的數字，事實上，中國國家林業局二〇一四年公佈的大貓熊普查結果顯示，野生大貓熊數量為1864隻，圈養397隻，全球共2261隻大貓熊。大貓熊之所以處境瀕危，主要是因人為開發，導致牠們棲地破碎、生存不易，而這些年來世界各地圈養大貓熊，正是為了達到異地保育、延續物種的目的。

颱風夜動靜大，警戒的圓圓將圓仔帶離平時的竹葉床。

DAY56
2013.8.31

媽媽真偉大
圓圓會用嘴巴舔小寶寶，清潔她全身，刺激她排便；還會用嘴巴幫圓仔全身按摩，鍛鍊她的身體肌肉。

舔舔舔，孩子我幫你按摩。

Q 大貓熊何時在地球上出現？

A 現代大貓熊的直系祖先「始貓熊」，於距今約800萬～900萬年前的中新世出現，擁有與大貓熊類似的牙齒，已從肉食動物演化為雜食動物，體積卻只有現代大貓熊的1／4大；大約300萬年前，已演化為現代大貓熊一半大體積，並轉以竹葉與竹筍為生；約40萬～50萬年前，與其同時的劍齒虎與劍齒象已經滅絕，貓熊卻成功適應酷寒氣候，演變為現代大貓熊。

DAY57
2013.9.1

長大有魔法
圓仔體重已經超過3.2公斤，這全是母乳哺育，以及充足睡眠所賜。一暝大一寸，看來在大貓熊寶寶身上也看得到呢！

瞬間就能睡著。

DAY60

2013.9.4

幸福的孩子

圓仔回到媽媽身邊快1個月了，聰慧又富母愛的圓圓，已經是個媽媽高手囉！從餵奶、清潔、按摩到安撫入睡，圓仔都被無微不至的照顧著。

新手媽媽毫不含糊。　　　　　　　　　淡定的媽，自得其樂的孩子。

DAY62

2013.9.6

靜不下來

圓仔2個月大健康檢查，她體重已將近3.9公斤，各項檢查一切正常，只是越來越待不住，前肢和頭部好愛揮舞晃動呀！

謝謝大家的呵護，我很健康。　　　　　彪拔抱起小小圓仔。

DAY65

2013.9.9

淡定的身教

圓圓是個淡定又不囉嗦的媽媽，她不會時刻緊緊跟在圓仔身邊，而是隔著適當距離守護孩子，很有自己育兒的一套。

媽媽去上課囉，你要乖。

DAY67

2013.9.11

黑鬍子小熊

圓仔體重已來到4.2公斤左右，但她目前還是只能原地打轉，不過她很努力長大喔，吃飽睡飽，嘴巴四周開始長出黑毛，相信很快就跟爸爸媽媽一樣囉！

躺大字型，
超舒服的。

DAY69

2013.9.13

不只是亂動

除了喝奶和睡覺，除了媽媽的全身按摩，圓仔自己也會開始揮動四肢想翻身呢！加油，要把四肢鍛鍊得更有力氣喔！

孩子，你想便便了嗎？

我什麼時候才能不再這麼軟綿綿？

DAY71

2013.9.15

純真之眼

圓仔雙眼睜開約1個月了，雖然對焦還不太準，但已開始對眼前晃動的事物有反應，而且經常東張西望，眼睛越來越雪亮。

我的眼神很純真吧！（自誇）

Q 大貓熊吃不吃肉？

A 大貓熊本為食肉動物，在演化過程中，由於面臨取食競爭，很可能產生生態區位壓縮現象，但因居住環境中的竹子產量穩定，儘管營養成份較低，牠們仍能靠著減少活動範圍與活動量、多休息以節省體能，來面對生態環境的嚴苛挑戰。

　　大貓熊雖具備肉食動物的利齒，唯捕食動物技能漸漸消退，也不懂得被捕動物的要害何在，往往無法順利取食，因此牠們不會主動捕獵，僅偶爾吃動物的屍體。

DAY73

2013.9.17

從翻身開始

從新生兒階段就很活潑好動的圓仔，近來也想學著翻身，而且的確成功了幾次。看著她對自己的肌耐力訓練，真心為她加油。

嘿咻～我想翻身。

乾脆來做有氧運動。

DAY74

2013.9.18

她聽見了

圓仔量體重時,保育員經常在旁彈手指,這天,她似乎對聲音有了反應,經查看,耳朵果真裂開一條細縫。從看見到聽見,圓仔準備好探索這世界了。

右邊傳來聲音。

左邊也有聲音耶!

DAY78

2013.9.22

成長照進度

體重來到5公斤的圓仔,現在上半身有點力氣囉,量體重時能稍微撐起自己的上半部呢!還有還有,下排齒槽也冒出幾許白色小點,圓仔就快長出門牙和犬齒了。

我上半身很有力吧!（用力撐住）

你看到了嗎?我冒出小牙包囉!

DAY80~DAY110
學步日記

　　一般大貓熊約90日齡左右四肢發育才會健全，較能撐起身體學爬，圓仔則在80日齡開始展現行動慾——學習爬行。只見她吃力的用前腳撐起身子，拖著後腳，搖頭晃腦的試圖前行，可是肌耐力還不足，總爬沒幾步就趴倒在地，而且累得睡著，或是餓得發昏趕緊呼叫媽媽……

　　近1個月後，她已能逐漸撐起身子，搖搖晃晃的走上一點路，慢慢的越走越多步，越走越穩；從學爬（行動慾）到走路（行動力），圓仔日日都在進步，是個認真勤勉又有毅力的好孩子呢！

DAY80
2013.9.24

①地面鋪木板，增加摩擦力，圓仔前進了好幾步。
②嘿咻～看我後腳抵住牆，撐起來。

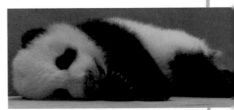

DAY86
2013.9.30

看我的軟骨功。

DAY88
2013.10.2

爬著爬著又睡著，睡夢中努力長大的圓仔。

DAY93
2013.10.7

3個月大健康檢查一切正常，下顎犬齒長出！獸醫揮動手指時，圓仔也會微微眨眼了！

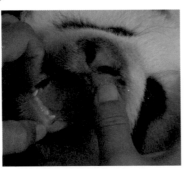

DAY94
2013.10.8

日光浴初體驗，舒服的往被裡鑽。

DAY81

2013.9.25

稍稍撐起上半身。

DAY82

2013.9.26

半小時肌力訓練
過後，累到睡著。

DAY84

2013.9.28

嗯，學爬真不輕
鬆，休息一下。

DAY90

2013.10.4

雖然很常原地打轉，但已經可以多爬幾步路了。

DAY91

2013.10.5

我很棒吧，很帥的撐起自己，叫我舞棍小熊。對
了，我爬行速度有變快喔！

DAY96

2013.10.10

開始走路了，雖然有點搖晃。

DAY97

2013.10.11

看起來「好像」健步如飛。

DAY102

2013.10.16

圓仔會走路了，慢慢前行中。

DAY103

2013.10.17

下顎與上顎長出19顆牙齒，張開嘴時，可以看到可愛的小犬齒。

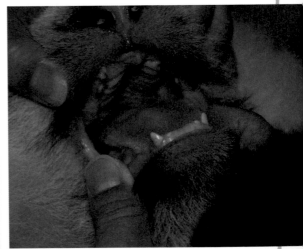

DAY99

2013.10.13

①我已經6公斤重了，比平平、安安大隻很多唷！
（體重較出生增長了33倍）

②測量頭長與體長，圓仔早已無法一手掌握！

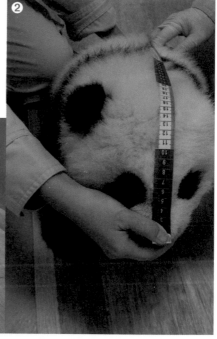

DAY104

2013.10.18

走累了，坐一下，坐姿十足日式優雅。

DAY105

2013.10.19

明明往前走，卻後退了？！

DAY106

2013.10.20

前腳很有力氣，後腳繼續努力，走幾步路又跌倒。

DAY107

2013.10.21

受聲響吸引，扭著小屁股亂走，試圖走向保育員。

DAY110

2013.10.24

40天大的圓仔很容易叼起，110天大的圓仔，媽媽得半叼半拖才行。

DAY113

2013.10.27

咬的慾望

體重來到7.6公斤的圓仔，最近已長了21顆小牙齒，正處於什麼都想咬咬看的時期。

長牙讓我什麼都想咬。

DAY115

2013.10.29

好多味道

圓仔開始到戶外活動，儘管行動能力還不純熟，但早在40多天大嗅覺發育便逐漸靈敏的她，可是對這自然環境裡的許多陌生味道好奇呢！

我最近開始到戶外小探險。

相思木做成的棲架，好香喔。

玉燕館長，不要走。

DAY118

2013.11.1

是保育員姊姊耶！

攀腿好功夫

活潑好動的圓仔現在對任何事物都很好奇，從飲水盆、大磅秤到保育員的小腿，統統不放過，扭著小屁股慢慢朝目標前行的她，可愛萌樣說也說不完。

DAY120

2013.11.3

誰是萌主

圓仔滿4個月大囉，體重約8.2公斤。有了行動能力，她已開始探索這世界，無論是室內或戶外，她都喜歡到處走走看看，東聞西聞，真是隻活力十足的小奶熊。

看起來臉好像很圓很寬。

為什麼大貓熊看起來都懶懶的呢？

因為大貓熊的主食竹子營養成份低，熱量亦低，在演化過程中，大貓熊學習到如果僅能取得這樣的食物，就必須增加進食量，並減少活動量、多休息。到動物園看圓仔一家三熊時，大家會注意到牠們不是在吃，就是在休息，即使在活動，也多半跟進食有關。

大家都說我很好動，有嗎？

DAY125

2013.11.8

健康小壯妞

圓仔4個月大健康檢查，感官和四肢發育都很正常，24顆乳牙也全長出來了，從出生到現在，她的體重已經增長了47倍之多（目前約8.8公斤重）。

DAY129

2013.11.12

學習攀爬

最近天氣涼爽，圓仔常到戶外活動，從搖搖晃晃學步，到現在已能小跑步，現階段的學習功課是攀爬，有了尖利的爪子和強韌的四肢，相信她很快就能靈活爬樓架。

「樓架君」，我來了。

我已經會爬樓架囉！

DAY130

2013.11.13

交到好盆友

圓仔有個胖胖的好朋友名叫「水盆君」，它是媽媽的飲水盆。小妮子最近更主動了，不只是在一旁觀望，而會攀爬進去，把自己塞得好好的，然後腳一蹬，整隻熊即靈活的爬出來。

團團，你別只顧著跟圓圓玩，要辦正事啊！

水盆君，搖搖搖。　我再來找你玩喔。

Q 大貓熊有繁殖三難，是真的嗎？

A 所謂三難是指發情難、配種受孕難、育成難，而在人工圈養方式下，雄性大貓熊因缺乏競爭學習對象、無法累積經驗等問題，交配時的確會碰到「性趣缺缺」或「無所適從」等狀況；而雌性大貓熊因為發情期短，往往無法等待圈養雄性大貓熊，以致錯過繁殖黃金期。另外，野生雌性大貓熊的確也會有「雙胞胎只能擇一養育」的問題，相較之下，目前人工養育技術成熟，2014年廣州長隆野生世界還首度成功撫育了大貓熊三胞胎。

DAY131

2013.11.14

邊玩邊學習

圓仔的體重快來到9公斤，她最近認識了一位新朋友名叫「藍桶君」。剛開始還不太敢上前，聞過之後放心不少，知道可以爬進去滾來又滾去呢！保育員也準備了小浮球，刺激圓仔的腦部發展，進行感覺統合訓練。

藍桶君，也會載我搖搖搖喔！

咦，這個小小圓圓的是什麼？

DAY136
2013.11.19

早日登頂

圓仔在戶外活動的時間變長了，她最近小跑步越來越穩健，並勤於練習爬樹，在特製的直立木頭樓架上奮鬥著，摔下來不會痛（一身厚毛皮），只會越挫越勇，加油小萌熊。

爬樹尚未成功，小熊仍待努力。

我一定很快就能爬上去。

DAY138
2013.11.21

搞笑的孩子

努力喝奶、努力鍛鍊四肢肌耐力的圓仔，在戶外活動時，遇到各種地形完全不害怕，圓圓媽也不擔心或干涉，圓仔自有應變解決之道。

卡在竹子陣裡的蓬蓬小熊。

DAY142

2013.11.25

我在二樓

圓仔的體重突破10公斤了，真是隻圓潤的小萌熊。勤練攀爬功，雖然還不能穩穩爬上樹，但上下低層棲架毫無問題。保育員抱她到二樓棲架，訓練她從比較高的地方爬下來。

這裡是高高的棲架二樓喔！

要怎麼下樓哩？

 Q 母貓熊何時會懷孕？

A 母貓熊進入性成熟期後，每年3～5月會進入發情期，發情高峰期約2～3天；在此時期，母貓熊以氣味與叫聲傳遞訊息，至於進入求偶爭鬥期的公貓熊則不惜一戰，得勝者才能獲得與母貓熊交配的機會。母貓熊若交配成功、順利授精，會因受精卵延遲著床，以及著床後胚胎發育時間不固定這些生理特性，致使懷孕期天數不一；懷孕期一般為120～150天（貓熊寶寶多出生於6～10月份），但也有短則70多天或長達300多天的特殊懷孕期。

不僅如此，母貓熊的懷孕行為表徵相當奇特，即使未順利授精，也可能出現孕酮濃度增加、乳頭腫脹、食慾與活動力下降等懷孕徵兆，短暫曾出現懷孕跡象後又消失，此種生理狀況稱作「假孕」。

DAY144

2013.11.27

告訴你一個小祕密。

自行排便

不用麻煩媽媽舔舐刺激肛門，圓仔可以自己便便囉！大貓熊寶寶一般在100天～110天大會開始自己排便，保育員總算觀察到這重要的一幕；這些日子以來，為了不讓糞便洩露圓仔蹤跡（以免被猛獸發現），圓圓媽可是將所有便便都吞下肚，母愛無敵啊！

我早就會自己便便了。

DAY150

2013.12.3

聰明又靈活

圓仔已經11公斤重囉，這位大娃娃最近很善於模仿，媽媽喝水、吃竹葉，她也會跟著做。保育員在樓架上架設了橫向小木頭，輔助圓仔上下樓梯，小妮子很懂得善加利用唷！

爬上二樓樓架超簡單的！

二樓風景好，
木頭又好聞。

DAY152

2013.12.5

下樓變得容易

圓仔持續練習在高處樓架爬上爬下，而且聰明的她已能掌握半滑半溜下樓架的小技巧，她懂得壓低身體重心慢慢往下滑，就像我們人類慢慢下陡坡那樣。好樣的，小萌熊！

先目測一下有多高。　　　　　　看我的，先穩住身體重心再說～

DAY154

2013.12.7

健檢時刻

圓仔5個月大健康檢查，心跳呼吸體溫，以及視覺發展、牙齒生長一切正常，但小妮子越來越好動，要她乖乖坐好越來越不容易，這張照片竟捕捉到了圓仔的瞬間靜態美……

我有乖乖做檢查喔！（真的嗎～）

Q 野生大貓熊會不會有亂倫的可能？

A 根據《呼喊春天》一書作者潘文石教授的看法，大貓熊社會中，雄性幼仔會留在出生地，青春期的母貓熊則會離開出生地，迴避與牠們父族、堂表兄弟相遇的機會，既可防止近親交配，也保障了族群的健康繁衍。

臺北市立動物園大貓熊館保育員則補充，野生大貓熊無論公或母，都是獨居，以避免競爭食物，倘若因領域略有重疊而相遇，也會盡量互相避開；發情、求偶爭鬥期期間，亞成熊若意外靠近其他成年貓熊的領域，倒也有可能在旁觀看，趁機學習。而懷孕的母貓熊自己找尋適合繁殖育幼的巢域（鄰近水源、地形不會太陡、食物充足），然後孩子長到一歲半左右，開始將孩子帶遠、漸漸趕出巢域，進行脫離（當然不是一次就成，會慢慢驅趕）。日後，公母貓熊會憑藉尿液氣味，判斷彼此是否有血緣關係，以避免近親交配。

DAY159

2013.12.12

樓架床回來了

圓仔體重直逼12公斤啦！這天，圓圓最愛的樓架床回來啦，之前圓仔還小，擔心她會卡在縫隙裡，所以暫時拿開。對圓仔來說，這又是個嶄新的大玩具，保育員還在床邊架設了小樓梯，方便小妮子攀爬；此外，床底下的空間，也是圓仔的祕密基地喔！

孩子，這麼快就想我啦！

媽媽去哪兒了？

DAY162

2013.12.15

活力小熊

快12公斤重的圓仔，現在已和媽媽用同一個磅秤量體重囉！她最近不僅四肢健壯，平衡感也練得很好，走路早已不再搖搖晃晃，穩健前行，熊熊生風。

爬棲架前，先暖個身。

再拉拉筋。

DAY165

2013.12.18

寒流是什麼

12月的天氣，動輒遇上寒流，但大貓熊身為溫帶動物，越冷越開心，看圓仔的活動力就知啦！即使玩成一隻小泥熊，媽媽也不會阻止她；她看竹子太細沒法攀爬，便轉戰厚實的「樹幹君」，真是機靈的孩子。

天氣越冷我越開心。

變身泥巴小熊。

DAY167

2013.12.20

熟能生巧

小熊的體重已經來到12.24公斤，最近攀爬技巧大躍進，因為就連在室內，只要醒著時，也不忘好動的在棲架爬上爬下，精進自己攀爬的功夫。

我想，大家一定會很喜歡我。

快跟大家見面了，
有點小緊張。

DAY169

2013.12.22

熟悉展場

圓仔即將在1月6日正式跟大家見面了，最近開始讓她熟悉展場場地。除了最初的聞聞嗅嗅，小妮子不一會兒就放開來玩了，也學著使用為她設計的玩具，一邊鍛鍊肌耐力，一邊探索又一新世界。

這個木頭搖籃
好好玩！

另類玩旋轉盤之天地任我盪～

麻布包阿給君，你好大一顆！

DAY174

2013.12.27

從玩樂中學習

圓仔的體重來到13公斤囉，仍以母奶為主食的她，學習模仿力很強大，近來也開始學媽媽啃起紅蘿蔔，一邊磨牙，一邊探索更多的美食氣味。

紅蘿蔔，謝謝你讓我磨牙。

要許什麼新年新希望哩？

不要走嘛！（撒嬌狀）

六個月大

DAY180

2014.1.2

6個月大囉！

6個月大的圓仔，越來越活潑好動，已很難乖乖讓獸醫做完健康檢查流程。據檢查，身體健康與發育一切正常，從出生到現在，體重成長了75倍之多，來到13.8公斤。

耶，我爬到最上面了！ 看我的內八字美姿。

DAY184

2014.1.6

開始跟大家見面

正式亮相日，當日臺北市立動物園擠進近萬人次參觀。圓仔在閉館前已呼呼大睡，靠保育員抱才順利回到作業區。

DAY185

2014.1.7

紅蘿蔔之役

圓仔的主食仍是媽媽的母乳，但偶爾會看到正愛磨牙的她，啃咬紅蘿蔔與竹子。這天母女倆到戶外郊遊，圓仔眼明手快叼走了地上的紅蘿蔔，上演一場有趣小戰役。

偷到媽媽零嘴了。

逃離現場。

薑是老的辣。

DAY196

2014.1.18

好「盆」友

搞笑又可愛的圓仔，體重邁入15.8公斤，近日入圍網路上展開票選的最受歡迎、最有個性大貓熊。圓仔必勝，你可是擁有媽媽的機敏、爸爸的大而化之個性啊！

小小「水盆君」，
我帶你去玩。

小枕頭，你真好靠。

臺風穩健。

舒服大爺姿。

DAY200

2014.1.22

棲架高手

圓仔的肌肉發展得很好，已能很嫻熟的在棲架爬上爬下，並在上頭很舒服的待著，從容的玩玩手、咬咬腳。

Q 以前曾在影片中看到圓圓以掌輕拍圓仔，那是在叫牠起床嗎？

A 圓仔還很小的時候，圓圓這麼做主要是為了刺激牠排便，跟牠玩，增加母女互動。此外，圓圓也會用嘴巴清潔圓仔全身，甚至幫牠按摩，幫助牠鍛鍊身體肌肉，訓練牠的活動能力。

DAY203
2014.1.25

忍者真功夫
圓仔最近特別喜歡爬到高處，別擔心她會掉下來，爬高可是她天生的本能。

可以爬這麼高。

也可以躲這麼低。

DAY209
2014.1.31

首次過農曆新年
體重已經突破17公斤的圓仔，持續吃吃吃動動動，精進爬高技巧，朝健美小熊之路邁進。

根本團團縮小版！

媽～過年竹葉加菜超豐盛的！

DAY212

2014.2.3

運動明星

圓仔有個快樂又充實的童年，她每天都吃得很多，睡得很飽，盡情玩耍，探索這世界。

拉單槓，練一下背肌。

DAY219

2014.2.10

磨牙最快樂

圓仔7個月大健康檢查，好動依舊，一切正常，發現新長了一顆右邊門牙。

麻袋小毛驢，哪裡逃！　　　　　我吃竹葉很有架式吧！

Q 圓仔什麼時候會在戶外展場？出生在亞熱帶的圓仔會比較不怕熱嗎？

A 大貓熊的原始生活區域平均氣溫為6～17℃，在人工飼養與管理條件下，為了讓牠們感受到季節交替，夏天的展場空調溫度維持在22～26℃，冬天則維持在12～14℃（如果戶外溫度夠低，也會利用空調系統讓展場內達到所需的溫度）。

戶外放展則視氣溫而定，當溫度來到26℃以上，就不會讓牠們到戶外，畢竟大貓熊身上毛皮太厚，無論就天性或生理條件而言，牠們都是耐寒不耐熱的動物。而在戶外時，保育員若觀察到牠們走動時呼吸加快、變得急促（自主降溫），就會將牠們引入室內展場；因此每年5～9月很少看到大貓熊家族出現在戶外展場，即使出生在亞熱帶的圓仔也不例外。

DAY230

2014.2.21

我是小大人

圓仔雖然以母乳為主食，但早已迫不急待模仿媽媽進食，想多試試副食品。

紅蘿蔔
也不錯吃。

DAY240

2014.3.3

吃筍子不再屑屑掉滿身。

小小美食家

體重來到20.8公斤的圓仔，近日開始換牙，從乳牙換成恆齒，也開始練習吞東西了。

這竹葉好香！

DAY247
2014.3.10

健檢偷溜

圓仔8個月大健康檢查，
她可是超級健康寶寶，還
成功上演了偷溜記。口腔
內長了24顆牙，開始練習
啃咬，但還咬不動竹子。

我啃給你看。（疑似假會）

DAY250
2014.3.13

換新家囉

圓仔最近開始熟悉與戶外相連的B展場，很快
便適應新環境，還跑給媽媽追。

這是個新地方。

我的團團阿爹住這裡。

我超會爬樹的。　　　　看我輕鬆攻頂。

DAY257
2014.3.20

首次戶外爬樹
第一次戶外放展，圓仔因為太興奮所以爬到樹頂，還出動保育員與網子伺候，避免一個不小心就摔下來。

媽媽教學示範。

DAY264
2014.3.27

最萌小熊
圓仔活動力越來越強、也越來越調皮，看著小公主的好動成長，大夥的心都暖暖的。

人家很乖的！

DAY272

2014.4.4

兒童節快樂

圓仔歡度熊生首度兒童
節。戶外有好多氣味，
圓仔最愛探索環境了。

玩成一隻小泥熊。

Q 夏天會看到圓仔吃冰，是為了降溫嗎？

A 事實上，大貓熊不像靈長類動物可以吃冰抗暑熱，水果冰是行為豐富化的其中一種
方式，讓牠們玩，以延長取食時間；換句話說，圓仔啃冰只是為了冰裡面的食物。
此外，水果冰其實一年四季都供應，一個月會讓牠們吃2～3次。

歡樂的磨牙。

DAY275

2014.4.7

頭好壯壯

圓仔9個月大健康檢查，體重達
24.6公斤。只見她東閃西閃，不想
被檢查牙齒，但觀察便便發現，
媽媽的零嘴大概已偷嘗過一輪。

DAY279

2014.4.11

絕不無聊

圓仔是個不會無聊的小妮子，她這一刻啃咬幾下
筍子，下一刻可能開始思索起熊生意義。

小熊絨毛玩偶。　　磅秤好涼快呀！

Q 圓仔的小跑步好特別喔，
只有牠會用這種搖頭晃腦
的方式跑步嗎？圓仔的爸媽，好
像不太跑步？

A 其實多數大貓熊小時候都
會這樣跑，而圓仔的跑步
姿勢其實跟媽媽很像，她都是向
圓圓學習的，如行走時，後半身
搖擺幅度較大、呈內八字等等。
至於團團和圓圓，圓圓因個性比
較警戒，相對於團團，較易因突
如其來的聲響而在展場跑起步
來。

DAY294

2014.4.26

爬樹最樂

圓仔很喜歡爬樹，爬到樹上後開始表演
倒掛絕活，爪子和肌肉真是有力！

變身大松鼠。　　　　　　打瞌睡？！

人家還想玩嘛！

DAY296
2014.4.28

玩瘋了

最近保育員開始使用目標棒訓練圓仔，但小妮子好像還沒進入學習狀況。

是要訪問我嗎？

DAY301
2014.5.3

登高望遠

這時期正喜歡爬樹、登高的圓仔，一下就爬到樹上去了，還會在樹枝間變換各種姿勢呢！

我的小黑長筒靴好看嗎？

有點小累，休息一下。

DAY307

2014.5.9

母女情深

圓仔的體重雖然來到27.3公斤，但依然是媽媽的小寶貝，這也是圓圓熊生第一個母親節。

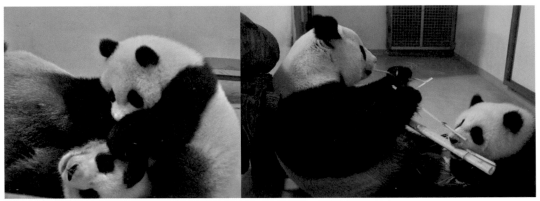

媽，我好愛你。　　　　　　　　　那，可以分我一點竹子嗎？

DAY310

2014.5.12

站著比較瘦

圓仔前一週做了10個月大健康檢查，一切平安正常，就是小腹微突了些。（笑）

有嗎，我有很胖嗎？　　　　看我多修長！

呃，這角度臉有點寬。

走氣質柔美路線。

DAY314

2014.5.16

拍照角度超重要

圓仔整隻熊靜下來的時候，其實別有小家碧玉氣息！

DAY321

2014.5.23

搞笑小公主

圓仔的體重已經達到29.1公斤了，繼續頭好壯壯的長大中，並逐漸引導她接受動物訓練。

> **Q** 圓仔在戶外展場似乎會撿枯枝來啃，牠是認真在吃嗎？這對牠的健康是否有影響？
>
> **A** 還跟媽媽在一起時，圓仔就很愛亂吃枯枝，畢竟牠還是小孩子，對很多事充滿好奇，啃枯枝是牠探索環境的一種方式，但通常只是啃個幾下，吃進去的量並不多；牠獨立生活後，光是要把自己餵飽就很忙，亂吃枯枝枯葉的狀況已減少許多（隨著年紀越大，此行為可能越來越少見，像是爸爸團團、媽媽圓圓就完全不會這麼做），而且保育員每天都會觀察牠的糞便以確認健康無虞，圓仔很健康，請大家放心！如果有天牠真的大量食用枯枝，這奇特的進食行為就值得好好研究了（笑）。

叫我嗎？

沒事啊，那我繼續吃筍子囉！

看我身輕如燕！

嘿咻，看我的～（樹枝不會太細嗎？）

DAY331

2014.6.2

熊熊生風

圓仔的身形越變越厚實，已來到30.4公斤。她的利爪揮掌、利牙張嘴，越來越讓一眾保育員承受不住啦，只有彪哥抱得動。

DAY335

2014.6.6

其味無窮

已經進入啃咬學習期的圓仔，也不忘啃啃枯枝探索味道，當然更不會錯過好香的茭白筍。

筍筍來囉，茭白筍好香！

我是哈利波仔，這是我的魔法杖～

DAY354

2014.6.25

瞥見小奶熊

快要滿1歲的圓仔，還是會找媽媽喝奶，果然仍是小小熊。

媽，我想喝奶。

沒問題，多喝點。

換個姿勢繼續喝。

DAY362

2014.7.3

牙好壯壯

一歲大健康檢查，獸醫替圓仔進行全身聽觸診。她的體重來到34公斤，上下排門牙都長好了，抓咬越來越穩，能緊緊咬住紅蘿蔔唷，是個健康的大貓熊寶寶。

我生日快到了耶！（暗示大家）

門牙都長好了，臼齒還沒。

聞到好多水果的味道。

好大的生日蛋糕，好漂亮。　　　　　　　先吃這個好了。

DAY365

2014.7.6

抓周慶生趴

圓仔滿周歲，動物園為圓仔舉辦了週歲趣味抓週活動，圓仔抓下的順序為：畫家（馬來貘）、工程師（水獺）、老師（紅毛猩猩），生日蛋糕也用甜菜汁做成粉紅

色冰塊，裡面冰滿了水果，圓仔很快就將美麗的「蛋糕」破壞殆盡，並與爸媽一起分享生日的喜悅。

抓周是什麼，可以吃嗎？

Q 圓仔的長相和性格，哪個部份像爸爸和媽媽呢？

A 圓仔最像爸爸的部份，除了窄背心、長而窄的眼斑（但眼斑似乎隨著長大，越來越像媽媽的煙燻眼），保育員倒覺得牠的鼻子跟爸爸很像，也就是鼻子都很大，大家覺得呢？

談到性格像誰，圓仔很活潑機靈像媽媽，但牠也有大而化之的一面像爸爸。倒是生活習慣方面，由於從小和媽媽一起生活，圓仔很多方面都會學習、模仿圓圓，像是理毛、吃東西、在固定位置便便、在高處睡覺等等──媽媽，果然是最初的老師呀！

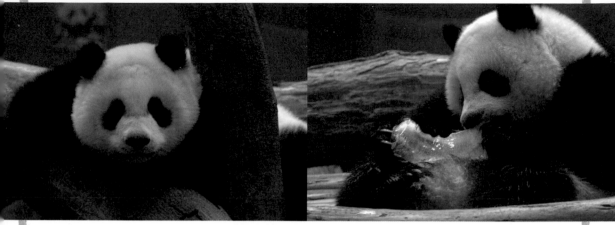

現在做什麼好呢？

來跟「冰塊君」玩吧！

DAY367

2014.7.8

吃冰不為解渴

讓圓仔吃水果冰，主要是為了行為豐富化，豐富小熊的生活。

咦，棒子上有蘋果耶！

DAY380

2014.7.21

小樹枝的味道挺好聞的。

暑期輔導

體重達到35.6公斤的小妮子圓仔，開始上課囉！但她就像新生入學一樣，還不太懂保育員的指示。究竟，她要如何才能吃到目標棒上的蘋果呢？

DAY388

2014.7.29

光之小熊

盤踞高處的圓仔，怡然
自得，有時會捕捉到這
款輕透風情小熊呢！

小熊在發光。

DAY396

2014.8.6

越甜越好吃

上下排門牙已長齊、正在發
育臼齒的圓仔，啃起紅蘿蔔
有模有樣呢！

紅蘿蔔好吃。

DAY401

2014.8.11

新生訓練有成

暑假短短兩週時間，有了蘋果與指令之間的正向連結鼓勵，圓仔已經學會跟隨保育員的目標棒走回家囉！

大家都說我很聰明。

Q 圓仔跟媽媽相較，誰比較聰明伶俐呢？

A 母女各自聰明的地方不太一樣。圓圓以人類來比喻，是個敏感的女性，防衛心也較重，但學習新事物的速度很快。圓仔因現在年紀還小、個性較顯急躁，但可期待未來會有很多發展的可能，畢竟牠個性十分活潑勇敢，又勇於嘗試。

當然，圓仔學習新東西也很快，牠確實是個聰明的孩子。像是從牠小時候和媽媽的相處來看，牠很能藉由模仿而學習，例如睡覺一定在（高處）棲架上睡，這正是承自圓圓時時警戒的身教（野生大貓熊雷雷外婆教給圓圓的）。

DAY403

2014.8.13

專屬玩偶

圓仔好喜歡跟媽媽玩耍，媽媽休息時，她會攀上去就著媽媽的頭咬咬親親，甚至還會整隻靠在媽媽臉上。（圓圓臉上三條線表示……）

睡醒練點小熊拳。

讓我小睡一下。

DAY410

2014.8.20

邊玩邊學

體重逼近40公斤的圓仔，最近越來越認真向媽媽學習「挑選好吃竹葉」的生活技能，母女模樣好相似呀！

媽～
好吃的竹葉怎麼挑？

DAY417

2014.8.27

每天都進步

圓仔的抓握能力日日增進，一顆顆貝齒也奮力啃咬撕嚼著，小公主的成長令人欣喜。

嘿嘿，能嚼筍子了！

Q 圓仔會發出什麼叫聲呢？

A 圓仔急躁的時候，會連續發出短促的高音（像是一大早起床，肚子餓了，聽到保育員腳步聲，就會叫得越來越急促）；心情好、緩和的時候，會發出短促的高音，但不會一直連續叫，只會間隔的叫個幾聲；生氣時，則從鼻子發出低沉的噴氣聲；如果想離開展場（無論是室外或室內展場），則是會叫門。圓仔一家三熊皆會拍門以引起注意，團團有次拍門，還因動作使力關係，出其不意挖出了顆石頭抵住門，讓保育員連推都推不開門。

DAY419

2014.8.29

好學的孩子

前一年此時，圓仔才剛出生一個多月，體重僅3200公克，現在已經是個40公斤重的大寶寶了；最近相當勤奮好學（吃），要媽媽教她如何啃食細長的筍子。

媽，桂竹筍要怎麼啃？

DAY429

2014.9.8

嬌媚的咬

上、下顎已經開始長犬齒的恆齒，圓仔以後撕咬能力會增強，將更能駕馭硬硬的竹桿。

挑竹葉也是有學問的。

DAY431

2014.9.10

好「枝」味

圓仔還是個大寶寶，很喜歡藉由咬東西，來建立對環境的探索；所以，咬枯枝，沒問題的啦！

這裡有小枯枝。　　　　　　　　　　　　　　　　來咬咬看什麼味道？

DAY440

2014.9.19

靈巧的掌

43公斤重的圓仔，日日都在努力成長，無論是抓著小小的窩窩頭，或握著細細的筍子竹桿，都難不倒她。

窩窩頭，超美味。

Q 圓仔喜歡什麼氣味呢？

A 大貓熊是嗅覺與聽覺的動物，牠們的視覺不發達，判斷食物與危險都靠這兩樣——圓仔甚至連隔壁展場團團身上的氣味也能聞到。

以水果來說，大貓熊喜愛甜份較高的水果，像是蘋果、葡萄（圓仔還滿喜歡的）、甘蔗、紅蘿蔔、水梨、鳳梨、芭樂（團團都吃，圓圓不甜的不吃）；另外，當然還有牠們最喜歡的蜂蜜。

另，又以木屑做為行為豐富化的效果最好（一直以來都是使用白楊木木屑），像圓仔就非常喜歡木屑的氣味，只要聞到就會異常興奮，但當然也不能天天使用；至於精油的使用（搭配毛巾、麻布包、浮球、毛刷、大水桶等玩具），保育員會更換不同精油氣味如柏樹、檀香、天竺葵、杉木、松木等，大貓熊一家三口都很喜歡。

圓仔，回家囉！　　　　　　　　好的，彪拔。

DAY445

2014.9.24

上課成果佳

圓仔越來越專心，已能聽從目標棒指揮，保育員可藉此將她引回作業區的欄舍。

媽，我準備好進攻竹桿了！

DAY453
2014.10.2
犬齒有力
圓仔最後一顆乳牙掉了（右上犬齒），也是保育員唯一發現的一顆，非常珍貴的紀錄。下犬齒也開始冒出，可以開始挑戰最硬的竹桿囉！

Q 圓仔怕癢嗎？

A 大貓熊的毛皮非常厚，圓仔剛出生時毛摸起來細細軟軟，6個月大時則柔軟蓬鬆，如今圓仔跟成年大貓熊一樣都有兩層毛，裡層是絨毛（黃褐色），外層是剛毛（黑色、白色），摸起來觸感堅韌而有彈性，因此不怕跌倒，幫牠們按摩時，也不怕癢。但如果是手掌、耳朵、眼睛這些部位，由於毛的覆蓋度沒那麼高，倘若螞蟻、蚊蟲爬行其間，牠們仍會試圖用手撥掉。

DAY459
2014.10.8
桶子好朋友
圓仔真的好喜歡桶狀玩具，不只是「藍桶君」，遇見「橘桶君」，她照樣鑽進去玩耍。

最喜歡往洞裡鑽。

橘桶君，照咬不誤。

DAY466

2014.10.15

重回戶外

體重來到45公斤的圓仔，終於在秋高氣爽的時節回到久違的戶外，環境裡充滿了各種嶄新的氣味，小妮子到處探索，可樂了！

一整個跑起來。

DAY478

2014.10.27

躲起來好好玩

體重逼近47公斤的圓滾滾小熊，走起路來熊熊生風，近來在戶外展場活動，特別喜歡往草叢裡鑽，躲給眾人覓芳蹤。

被你找到了。

Q 保育員跟圓仔怎麼互動？怎麼判斷圓仔在撒嬌呢？

A 無論是團團、圓圓或圓仔，牠們都會用手掌拍門，以吸引注意。

至於圓仔比較小的時候，保育員會趁牠一邊進食，一邊幫牠梳毛、檢查，有時牠還會倚著保育員吃東西呢（一種把保育員當棲架或石頭的概念）！有時牠心情很好、很高興，還會磨蹭籠舍的欄杆撒嬌，因為知道這麼做可獲得食物或抓癢；或者牠也可能翻滾，往前翻，翻到四腳朝天（磨蹭和翻滾都是從媽媽那兒學來的，爸爸團團就不會這樣，團團會以攀爬棲架、然後倒掛來表達高亢情緒，或發出羊叫聲吸引保育員注意）。

目前圓仔還是小孩子，對很多事都充滿好奇心，而且依然喜歡跟保育員玩（攀住腿、玩雨鞋），以引起注意。

DAY484

2014.11.2

變穩重了

重回戶外展場的圓仔，活動方式似乎有點改變，不再那麼興奮的直衝上樹，而喜歡找尋舒適角落窩著，該說女大十八變嗎？（咦）

找個好位置。　　　　　　　　　　　　　　　　這樣窩著就很舒服。

DAY489

2014.11.7

精油毛巾

保育員會替換不同的精油味道，讓圓仔學習氣味豐富化，不知她聞到了什麼味道呢？

嗯，毛巾味道好好聞。

DAY493

2014.11.11

進攻美人腿

圓仔對茭白筍並不陌生，之前嘗過南投埔里的綠保田茭白筍，這次吃動物園自栽自採的筍子，啃得很起勁。

茭白筍，
好吃耶！

DAY501

2014.11.19

樂淘淘

圓仔體重來到48.5公斤，快到媽媽體型的一半大，儘管如此依然是隻小熊，但媽媽技高一籌，完全知道如何入鏡可以拍出嬌小美照。（豎指）

媽媽跟我一起玩自拍。（大誤）

Q 圓仔會哭嗎？

A 目前還沒看過圓仔流淚，保育員倒是觀察過團團和圓圓，牠們躺下來時，有時會跟我們人類一樣從眼眶流出分泌物。若是說圓仔不開心，大概是指休息時無故被吵醒，但即使如此，牠也僅僅只是不想理人，叫不太動，倒不至於對人生氣。

DAY506

2014.11.24

美味當前

才不過幾天，圓仔居然已有49公斤重，她最近特別開心，跟著媽媽學習吃竹桿越來越有成果。動物園也特地多準備些竹葉和竹桿，讓圓仔可以邊吃邊玩，學得更快。

有模有樣啃竹桿。

吃東西最療癒了～　　　　　　　　　　我感覺到秋日的蕭瑟。（文青圓仔）

DAY510

2014.11.28

兩樣情

大貓熊耐寒不耐熱，最喜歡涼涼的天氣，只要天候合宜，小公主就會到戶外活動，或吃或玩或睡，熊生三大樂事呀！

DAY515

2014.12.03

眼明嘴快

大貓熊歷經長時間的演化，已從食肉動物，轉成以竹葉、竹桿、竹筍為主食的動物。瞧，小小圓仔吃筍子的戰鬥力多麼強大，媽媽看了也不禁佩服。

媽～你來晚了！（剔牙中）

Q 圓仔有可能認得粉絲嗎？牠認得保育員嗎？

A 大貓熊視力不佳，基本上是大近視，在展場因與遊客距離較遠，應該是認不出特定粉絲的喔！只是圓仔年紀尚小、好奇心旺盛，會感覺前方好像有什麼東西晃動，因而趨近展場的玻璃面（像團團圓圓就不會這樣）。

　　至於大貓熊是否認得個別的保育員，除了每個人味道不同，也會因那個人是否經常做出帶來特定福利或服務的正向行為（像是誰比較會幫牠抓癢，誰比較會給水果零嘴），而較能引起牠注意，讓牠特別記得。

DAY523

2014.12.11

萌系教主

圓仔無論是舒服靠坐著或盤踞在高處，都流露出她諧星的風範，瞬間融化了人心。

美型模特兒不是誰都能當的。（自信貌）

DAY530

2014.12.18

將要獨立

轉眼間圓仔快1歲半了，野生大貓熊通常於此時學習獨立生活，而帶孩子很有自己一套的圓圓，不再讓圓仔討奶喝有求必應，動物園亦漸進式縮短母女相處時間，圓仔也適應得很不錯。

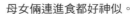

母女倆連進食都好神似。

迷人的美母熊與小美熊。

DAY531

2014.12.19

不忘爬高

體重來到50.2公斤的圓仔，最近在戶外展場爬樹時，總是挑選粗厚的樹枝攀爬，看她怡然自得的模樣，真教人打從心底疼愛。

爬樹小泥熊。

每棵樹都是我的攀岩場。

DAY533

2014.12.21

寒流女王

冬天加上寒流報到，可說是溫帶動物大貓熊的最愛，毛皮夠厚，在戶外展場活動有如待在天然冷氣房裡，一整個涼爽。

寒流天，睡到四腳朝天。

DAY540

2014.12.28

獨立的孩子

經過近10天的觀察，發現圓仔對於和媽媽相處時間縮短，適應良好，母女倆體重還分別增加了4公斤和1公斤。這兩天開始，中午過後，就會讓圓仔獨處，自己吃自己玩，邁向完全獨立。

邊吃竹葉邊思考熊生意義。

這是我第二次入圍「最有個性貓熊」獎，選我選我！

DAY546

2015.1.3

美好的一年

一轉眼，圓仔與大家見面將滿一年了，小妮子天天都在吃玩睡中努力長大。她現在的作息已跟成年大貓熊越來越像，每天進食和睡覺時間已將近各占一半。加油，小熊！

啊，吃好飽～

Q 圓仔有時會很用力的點頭，那是什麼意思呢？

A 點頭，可能是因為牠感到周邊環境有所挑釁或威脅（像是聽見施工的聲音），而進入警戒的不安狀態。保育員也會一直留意牠的情緒何以波動，試圖了解牠被什麼事物嚇到才導致頭部亂晃、點頭。

一歲半

DAY 549

2015.1.6

母女倆一派悠閒自若。

圓仔獨立

1歲半這天快中午時，母女倆分開了，牙齒全都長齊已可大啖竹子、主食不再是母乳的圓仔，展開了她獨立的熊生。

媽，謝謝你照顧我。

DAY557

2015.1.14

忙於探索

獨立前，圓仔就已經開始有摩擦屁股留下氣味做標記的動作，獨立後更勤於做標記，宣示自己的存在，展現獨立生活的能力。

「藍桶君」，
我好像擠不進去了……

 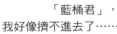

DAY566

2015.1.23

小熊好忙

在戶外玩耍好開心，有好多東西可以嘗試、可以聞，圓仔最近玩到「樂不思（上）課」呢！

謝謝大家愛護，我又蟬聯最有個性貓熊獎。　　　得獎後來頓大餐，特別美味！

DAY569

2015.1.26

健美小熊

圓仔的體重來到了53.6公斤，已有媽媽體型一半大。最近天氣依舊涼爽，圓仔吃完早餐後，就會爬上戶外展場棲架好好飽睡一頓。

我體型有媽媽一半大囉！

DAY577

2015.2.3

豪邁小母熊

圓仔斷奶快1個月了，適應良好。竹桿大餐對齒牙俱全的她來說，就是這麼美味。

欸，人家天生豪邁嘛！

Q 圓仔有可能再跟媽媽，或甚至與爸爸相聚嗎？

A 不太可能。大貓熊是獨居動物，動物園圈養大貓熊時也會盡量讓牠們與在野外的行為模式相同，因此圓仔獨立後就不會再跟媽媽同處一室，「一家三熊團圓」的想像只是把人類的行為模式套諸大貓熊，並不符合牠們的天性。

DAY589

2015.2.15

探索氣味

冷冷的天，涼涼的戶外展場，小熊依舊很愛，雨天裡大地的氣息更豐富。

最喜歡讓木屑撒在身上。

濕濕小樹枝，別有一番風味。

DAY594

2015.2.20

輕鬆躍枝頭

有陣子圓仔在戶外展場時，沒像以前那麼愛爬樹，但爬樹是大貓熊的本能，三不五時想到，就想登個頂。

人家是身輕如燕小美熊。

DAY597

2015.2.23

圓仔模範生

圓仔是個聰明的熊寶貝，在食物正向獎勵下，近來課上得頗有成果，接下來要教她好好伸出手來放在抽血架上。

熱烈期待上課的圓仔。

我的上課動作很標準吧！

Q 為什麼圓仔每天都可以保持毛色白皙？會幫牠洗澡嗎，圓仔喜歡嗎？

A 圓仔還很小的時候，圓圓會舔舐牠，幫牠清理身體。事實上，大貓熊的毛防潑水，分成兩層，裡層軟，外層剛硬，只要梳一梳毛，髒污就會掉下來了；如果真的太髒，保育員會幫牠擦一擦，或是幫牠噴點霧，然後刷毛。

至於談到大貓熊愛不愛洗澡，牠們的確性嗜水，喜歡玩水，不那麼怕水，像是團團、圓圓便會主動去泡澡，圓仔則因年紀還小、還很喜歡跟保育員互動，所以每當保育員拿水管沖洗地板時，偶爾沖牠一下，牠會很喜歡、很高興，但無法確定圓仔以後是不是還會喜歡，也無法據以斷定大貓熊喜歡被人工洗澡。真正的人工洗澡是，大貓熊不能亂動（當然，牠們如果累了會坐下），而這也歸屬於動物訓練課程範圍喔！

DAY600

2015.2.26

又大又小

圓仔的一舉一動總是那麼
可愛生動，無論吃東西或
美姿佇立，這隻小熊就是
耀眼啊！

也可以變這麼大一隻。

我其實還很小隻。

DAY605

2015.3.3

大顆花生圓仔

保育員超用心的，找來圓仔小時候的好朋友「藍桶君」，並在裡頭裝填好聞的白楊木屑，
混搭做為小公主的行為豐富化學習。

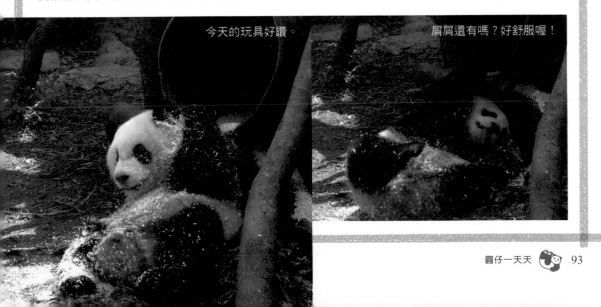

今天的玩具好讚。

屑屑還有嗎？好舒服喔！

DAY617

2015.3.15

天生嗅才

大貓熊的嗅覺一級棒，圓仔也不例外，戶外展場裡草木掩映之下，她小妮子依然能很快發現食物在哪裡。

嘿，我聞到你了！

窩窩頭君，你逃不出我貓熊鼻。

DAY626

2015.3.24

閒情小熊

團團圓圓近日忙於交配，兩熊的第一個愛的結晶「圓仔」，倒是好整以暇的快樂吃睡玩。

要找我爸媽？
他們最近好像很忙……

Q 圓仔可以不用扶東西也站得直挺挺嗎？

A 從1歲8個月大開始，保育員會把食物吊高，訓練圓仔的後腿支撐力；相信大家都從影片看見過，圓仔是可以兩腳站立、站得挺挺的唷，只是時間很短暫，無法站太久。

DAY633

2015.3.31

小熊休息中

大貓熊的主食竹子，因營養成分低，所以牠們大量進食之餘，也必須花很多時間休息，保有體力。瞧，圓仔正自得其樂休息著！

舒服不過躺著。

DAY647

2015.4.14

天天美食日

話說圓仔小熊近日體重維持在62.6公斤上下，但她還是很認真的吃睡玩，活潑可愛的展現自己各種萌樣。

桂竹筍真是美味。

聽說我最近體重沒什麼變化，嘿嘿～

DAY659
2015.4.26
春神來了
圓仔真是萌熊女神，有時發呆，有時含笑，然後立刻展示吹笛吃竹法。

春天裡，有一隻美麗的小熊

DAY655
2015.4.22
完美示範
小美熊圓仔真是大夥的開心果，光是攀爬姿，就有好多款，有一個箭步的，也有做足了表情的，還有……

今天為大家示範什麼叫一步攻頂。

決定送上春神來了這首曲！（音樂神童貌）

這個平板電腦散熱功能不錯。

DAY 660

2015.4.27

吃冰小熊

圓仔的體重已經悄悄來到65公斤了，而光看就很消暑的水果冰，其實是小妮子的行為豐富化學習，讓她為了裡頭的水果努力取食。

我忍不住了，開啃！

DAY683

2015.5.20

美食家小熊

有一位體重68公斤的小女孩名叫圓仔，
她很擅長抓握撕咬筍子與竹子，看她吃東
西，特別美味。

吃飽睡，大滿足。

石篙筍也好好吃喔！

DAY688

2015.5.25

檢查牙齒

快滿兩歲的圓仔，此時相當於人類
6、7歲大的小女孩。園方特地請來
臺大牙醫團隊替圓仔健檢牙齒，小
妮子可是擁有一口好牙呢！

那還用說，看我吃得多滿足。

你問我今天筍子如何？

DAY690

2015.5.27

練功時間

經常吃飽睡睡飽玩的圓仔，相當活潑好動且兼具喜感，動來扭去，毫不費力。

單手蹲馬步。

噢，練功還是會累的！（癱）

 圓仔每天有固定行程嗎？目前的生理時鐘又是如何呢？

08：30 起床，秤重

09：00～09：10 前往展場
・吃第一餐

10：00 休息

11：00 吃第二餐
・行為豐富化（非每日進行）

12：00～13：30 午休

13：30 吃第三餐

14：00 休息

15：30～15：40 動物（醫療）訓練

15：40 吃第四餐
・行為豐富化（非每日進行）

17：10 收展
・吃第五餐（晚上進食時間較長，會給較多竹葉）

18：30 休息

20：30 吃第六餐
・總會吃竹葉吃上1.5～2小時，為什麼吃這麼久呢，因為牠會邊吃邊玩，仰躺著吃（跟媽媽圓圓學的，團團不會這樣），滾來滾去，玩竹葉，很能自得其樂。

22：30 休息

04：00 （如果餓了，約莫此時會起來進食）

08：30 （如果不餓，會一路睡到早上這時候）

DAY701

2015.6.7

站立小熊

為了持續鍛鍊圓仔全身肌肉，保育員加強了行為豐富化設施，把食物吊高，延長取食時間。聰明如圓仔，不僅會動腦，還懂得三點站立，甚至劈腿。

筍筍，
我一定要拿下你。

休息是為了
更好吃的食物。

嘿咻～看我一個箭步。

DAY705

2015.6.11

骨肉亭勻

咳咳，大會報告，圓仔體重直逼70公斤！別被這數字嚇到，在大貓熊寶寶界，她一點也沒有過胖，而且全身肌肉超有力量，攀走任何地形都難不倒她。

棲架就是
我的伸展臺。

DAY711

2015.6.17

就是愛竹

大貓熊寶寶圓仔，現在每天有一半時間在睡覺，另一半則用來進食、玩耍，而除了主食竹子，各食節當令的筍子也是她的愛。

換個妖嬌姿勢吃筍子。

Q 圓仔目前兩歲大，約相當於人類幾歲呢？

A 人類年齡約為大貓熊的3～4倍，因此推估圓仔目前大約是人類6～8歲。

依人工飼養與管理模式而言，大貓熊的生長階段可分為幼年（出生～半歲）、青年（半歲～1.5歲）、亞成年（1.5歲～6歲）、成年（6歲～20歲），以及老年（20歲以上）。圓仔斷奶後，便進入大貓熊的亞成年期，根據個體差異，大貓熊亞成年期的跨度較大。

而在人工飼養方式下，雌性大貓熊約4歲左右、雄性大貓熊約6歲左右進入性成熟；野外大貓熊則稍晚進入性成熟。

DAY714

2015.6.20

充實的「熊生」

大貓熊一向很自得其樂，瞧活力小熊圓仔，無論來到什麼場地都能盡情探索，用力的玩，用力的吃，「熊生」超充實。

行為豐富化之「挑扁擔」。（自主訓練）

行為豐富化之「排球扣殺技」。

DAY725

2015.7.1

搖搖樂

圓仔小時候最愛會動的事物，從保育員的小腿到滾來滾去的桶子，都是她追逐的對象。雖然早已脫離嬰幼兒期，還是兒童的她，或許一直難忘鑽進桶子裡的搖搖樂。

成功鑽進來了，噢耶～

DAY728

2015.7.4

取食美技

圓仔即將於7月6日滿2歲，動物園特地在前一個週末舉辦「圓仔2歲生日—圓粉慶生派對」，邀請粉絲一起製作送給圓仔的各式各樣麻布材質生日禮物。

竹桿真耐嚼……嗯，今年不知會收到什麼生日禮物？　　也太容易，跲一下腳就拿得到食物。

DAY730

2015.7.6

2歲生日趴

7月6日圓仔滿2歲這天，許多熱情粉絲一大早就到貓熊館幫圓仔慶生。動物園也精心製作了水果竹葉冰蛋糕，只見小妮子嗅聞幾下，果然不改豪情本色，立刻小掌一揮掃落，大快朵頤。

紅蘿蔔冰好甜，也是我的愛。

今天是我生日，果然加菜耶！

從哪裡吃起比較好？　　　還有嗎，沒有第二個生日蛋糕嗎？

好多麻布包喔，還撒了好聞的木屑，真是最棒的生日禮物。

Q 圓仔成年後會有月經嗎？

A 大貓熊一年發情一次（約為每年3～5月），生理週期跟人類不一樣，所以不像人類女性會有月經。

DAY732

2015.7.8

繼續歡樂熊生

圓仔2歲又2天大，小美熊還是那麼活潑可愛，要一直健康平安、快樂成長唷！

究竟，
圓仔看到了什麼？

打招呼
好有明星架式。
（小編已融化）

DAY746

2015.7.22

圓仔是最棒的

圓仔2歲又16天大，體重逼近72公斤，現階段仍在上「伸出手量血壓」訓練課程，而且對許多事物依舊抱持高度好奇，小熊，你是最棒的！

大家要繼續愛我唷，改天見！

母女時光

圓圓第一次當母親就上手，生下了
「圓仔」這調皮搗蛋的活潑女兒。看著她們母女的相處，真覺得
圓圓是位盡責用心的好媽媽，而圓仔也好喜歡對母親撒嬌呢！

把我的小圓仔抱緊緊。

媽媽，我好愛你喔！

媽媽，我們貓熊的毛皮果然很厚耶！（圓圓表示……）

不行抱抱，自己學著下樓。

圓仔，快跟上，放飯囉！

世界上最溫暖的距離。

母女開心的密謀些什麼！？

你想去哪裡！

圓仔，你看那朵雲
像不像窩窩頭？

欸，媽媽，你想不想念
團團阿爹呀！

別怕，夏天泡泡水
很涼快的！

母女時光　113

該起來了，跟媽媽去散散步。

最美的母女走秀。

如何捕捉圓仔的可愛與美麗

圓仔的出生照亮了好多人的生命，許多粉絲因為喜歡她，情不自禁想記錄她每個可愛的瞬間，這些日子以來因而鍛鍊出一身拍照好本領，彭憶雯就是其中一位。在這個小單元裡，很謝謝她與我們分享捕捉圓仔生動瞬間的一些祕訣。

撰文／彭憶雯

拍照配備

相機

我個人先後購置了SONY α6000／SONY α7II，前者是微單眼相機，後者是全片幅相機。隨著圓仔漸漸成長，她的動作、變化速度滿快，無法像拍靜物時慢慢對焦，而這兩臺相機的特色是對焦速度快，α7II感光元件較α6000又更大，影像穩定系統亦更佳。若初次接觸單眼系列相機，建議可先使用微單眼相機，畢竟全片幅相機光機身就有一定重量，拍照時，手部還是要有一定的穩定度，可先拿輕巧的微單眼相機，比較有成就感喔！

如果一開始不知要選擇何種品牌型號的相機，可以參考別人的拍攝成果，確定哪一種是你所喜愛的風格，再作為購買相機的依據。像我想要呈現的，是色彩較為鮮豔、銳利度高的照片，因此選擇SONY的相機，從之前的α6000，到現在的α7II，我都挺滿意的。

鏡頭

我的兩臺相機都分別配有一顆變焦鏡頭、一顆定焦鏡頭——α6000配的變焦鏡是SEL55-210mm（光圈F4.5-6.3），定焦鏡是SEL50mm（光圈F1.8）；α7II配的變焦鏡是SEL24-240mm（光圈F3.5-6.3），定焦鏡是SEL55mm（光圈F1.8）卡爾蔡司鏡頭。可依拍照場合、光線變換，作靈活選用。

臺北市立動物園貓熊館有三個展場，室內A展場光線較亮，可用變焦鏡，隨圓仔所在位置變換焦段；若遇到陰雨天也可用定焦鏡，比較不會把照片拍糊。缺點是，無法隨圓仔的位置變換焦段，圓仔離你遠時，她在畫面中就會非常小，離你近時，就會太大。

室內B展場，玻璃上貼有隔熱紙，拍照光源不足，必須用定焦鏡，而且光圈要F1.8以上，否則接近傍晚時，就無法拍出美美的照片了。

戶外C展場，我用變焦鏡拍攝，同樣是隨圓仔所在位置變換焦段喔！

其他配件

1.電池：通常為了捕捉精彩一瞬間，相機都處在待機狀態，如果需要長時間拍攝、快速連拍、錄影等等，最好準備二至三顆電

池。

2.記憶卡：如果需要長時間拍攝、快速連拍、錄影等等，32G記憶卡是基本配備喔！拍圓仔時，建議使用高速記憶卡（寫入速度60MB/s以上）。每次拍完就存檔，下次使用前先格式化。

3.遮光罩：貓熊館的拍攝面皆有玻璃隔著，使用遮光罩可盡量減少玻璃造成的反光。我慣用桶型的遮光罩，阻絕反光，較蓮花型遮光罩更為完全。

4.相機防雨套：如果在戶外展場遇到雨天，防雨套就是保護心愛相機的基本配備。

5.減壓背帶：相機要有背帶比較安全，以免碰撞掉落，用減壓背帶可減輕頸肩負擔。

拍照心得

要仔細觀察

拍攝圓仔，必須花很長一段時間觀察她的生活作息、喜好等等，才能約略猜測她的行為模式和動向，好在適當位置捕捉她調皮可愛的瞬間。

拍照時，力求心靜手穩，務必迅速調整對焦框。我通常會將對焦區域對準圓仔的眼鼻部位，如此一來可拍到圓仔明亮的雙眼。

需要耐心和體力

喜歡攝影的人都知道，為了捕捉一個美麗的畫面得長時間等待，而這需要足夠的耐心和毅力。像是圓仔的活動範圍有時會在戶外展場，不論天氣的變換如何，豔陽之下、風雨之中，都必須想辦法克服，因此不僅需要耐心，也需要體力。

需避免反光

1.使用遮光罩。

2.盡量穿深色的衣服：可避免拍照時將自己的倒影拍進去。

3.黑色紙板：我看過有人將黑色紙板套在鏡頭周邊，應該等同於穿深色衣服的效果，或者更佳。

4.黑色手套：戴黑色手套，遮在鏡頭或遮光罩前緣，將反光再減少一些些。

貓熊館是公共場所，拍照條件無法強求，像是也許站不到適當的位置，也許有遮不掉的反光；在戶外展場，有時天候光線不佳，下雨天玻璃霧濛濛，大晴天玻璃也會有強光反射……所以，不一定每回拍照都有收穫，不妨以平常心看待、喜愛圓仔，總有拍到美麗照片的時候。

國家圖書館出版品預行編目資料

我2歲了：與圓仔一起度過的每一天／好讀出版
編輯部編著；臺北市政府大貓熊圓仔專用圖檔
授權
── 初版 ── 臺中市；好讀，2015.12
　面；公分，──（心天地；05）
ISBN 978-986-178-357-4（平裝）

855　　　　　　　　　　104010714

心天地 05
我2歲了：與圓仔一起度過的每一天

編著／好讀出版編輯部
圖片授權／臺北市政府大貓熊圓仔專用圖檔授權
圖片協力／BR Studio、彭憶雯、葉曙江
顧問諮詢／葉傑生
全書Ｑ Ａ諮詢／林育欣（臺北市立動物園大貓熊館保育員）
總編輯／鄧茵茵
文字編輯／簡伊婕
美術編輯／廖勁智、幸會工作室、王廷芬
插圖繪製／鄧語葶、李中萬
發行所／好讀出版有限公司
臺中市407西屯區何厝里19 鄰大有街13 號
TEL:04-23157795　FAX:04-23144188
http://howdo.morningstar.com.tw
（如對本書編輯或內容有意見，請來電或上網告訴我們）
法律顧問／陳思成律師

戶名：知己圖書股份有限公司
劃撥專線：15060393
服務專線：04-23595819轉230
傳真專線：04-23597123
E-mail：service@morningstar.com.tw
如需詳細出版書目、訂書、歡迎洽詢
晨星網路書店 http://www.morningstar.com.tw
印刷／啟呈印刷股份有限公司　TEL:04-23110121
初版／西元2015年12月15日
定價／299元
如有破損或裝訂錯誤，請寄回臺中市407工業區30路1號更換
（好讀倉儲部收）

Published by How Do Publishing Co., Ltd.
2015 Printed in Taiwan
All rights reserved.
ISBN 978-986-178-357-4

讀者回函

只要寄回本回函，就能不定時收到晨星出版集團最新電子報及相關優惠活動訊息，並有機會參加抽獎，獲得贈書。因此有電子信箱的讀者，千萬別吝於寫上你的信箱地址

書名：我2歲了—— 與圓仔一起度過的每一天

姓名：＿＿＿＿＿＿＿＿ 性別：□男□女　生日：＿＿年＿＿月＿＿日

教育程度：＿＿＿＿＿＿＿＿＿＿＿＿＿

職業：□學生 □教師 □一般職員 □企業主管

　　　□家庭主婦 □自由業 □醫護 □軍警 □其他＿＿＿＿＿＿＿＿＿＿

電子郵件信箱（e-mail）：＿＿＿＿＿＿＿＿＿＿＿ 電話：＿＿＿＿＿＿＿＿

聯絡地址：□□□ ＿＿＿＿＿＿＿＿＿＿＿＿＿＿＿＿＿＿＿＿＿

你怎麼發現這本書的？

□書店 □網路書店（哪一個？）＿＿＿＿＿＿＿＿＿□朋友推薦 □學校選書

□報章雜誌報導 □其他＿＿＿＿＿＿＿＿＿＿＿＿＿＿＿＿＿＿＿

買這本書的原因是：＿＿＿＿＿＿＿＿＿＿＿＿＿＿＿＿＿＿＿

□內容題材深得我心 □價格便宜 □封面與內頁設計很優 □其他＿＿＿＿＿

你對這本書還有其他意見嗎？請通通告訴我們：

＿＿＿＿＿＿＿＿＿＿＿＿＿＿＿＿＿＿＿＿＿＿＿＿＿＿＿＿＿＿＿

你買過幾本好讀的書？（不包括現在這一本）

□沒買過 □ 1 ～ 5 本 □ 6 ～ 10 本 □ 11 ～ 20 本 □太多了

你希望能如何得到更多好讀的出版訊息？

□常寄電子報 □網站常常更新 □常在報章雜誌上看到好讀新書消息

□我有更棒的想法 ＿＿＿＿＿＿＿＿＿＿＿＿＿＿＿＿＿＿＿＿＿＿

最後請推薦五個閱讀同好的姓名與 E-mail ，讓他們也能收到好讀的近期書訊：

1. ＿＿＿＿＿＿＿＿＿＿＿＿＿＿＿＿＿＿＿＿＿＿＿＿＿＿＿＿＿

2. ＿＿＿＿＿＿＿＿＿＿＿＿＿＿＿＿＿＿＿＿＿＿＿＿＿＿＿＿＿

3. ＿＿＿＿＿＿＿＿＿＿＿＿＿＿＿＿＿＿＿＿＿＿＿＿＿＿＿＿＿

4. ＿＿＿＿＿＿＿＿＿＿＿＿＿＿＿＿＿＿＿＿＿＿＿＿＿＿＿＿＿

5. ＿＿＿＿＿＿＿＿＿＿＿＿＿＿＿＿＿＿＿＿＿＿＿＿＿＿＿＿＿

我們確實接收到你對好讀的心意了，再次感謝你抽空填寫這份回函

請有空時上網或來信與我們交換意見，好讀出版有限公司編輯部同仁感謝你！

好讀的部落格：http://howdo.morningstar.com.tw/

好讀的臉書粉絲團：http://www.facebook.com/howdobooks

廣告回函
臺灣中區郵政管理局
登記證第 3877 號
免貼郵票

好讀出版有限公司　編輯部收

407 台中市西屯區何厝里大有街 13 號

電話： 04-23157795-6　傳眞： 04-23144188

── 沿虛線對折 ──

購買好讀出版書籍的方法：

一、先請你上晨星網路書店 http://www.morningstar.com.tw 檢索書目
　　或直接在網上購買

二、以郵政劃撥購書：帳號 15060393　戶名：知己圖書股份有限公司
　　並在通信欄中註明你想買的書名與數量

三、大量訂購者可直接以客服專線洽詢，有專人爲您服務：
　　客服專線： 04-23595819 轉 230　傳眞： 04-23597123

四、客服信箱： service@morningstar.com.tw